KB182606

정리
하는 어린이

킨더랜드

글 김여진

서울의 초등학교에서 아이들을 가르치며, '좋아서하는어린이책연구회' 운영진으로 매달 어린이책 애호가들과 깊이
교류하고 있습니다. 창작이 일상을 지탱하는 힘이라고 믿으며 살고 있습니다. 쓴 책으로 『소녀들에게는 사생활이 필요해』
『그림책 한 문장 따라 쓰기 100』『그림책 수업 대백과 261』(공저) 『떡상의 세계』(공저)가 있고, 옮긴 책으로 『나는 ( )
사람이에요』『달팽이 헨리』『선생님을 만나서』 등이 있습니다.

@zorba_the_green

그림 김종이

어릴 때부터 "나는 그림 그리는 일을 할 거야."라고 입버릇처럼 말하다가 정말 화가가 됐습니다. 지금은 손끝에서
만들어지는 이런저런 그림 친구들과 함께 즐겁게 일하고 있습니다. 그린 책으로 『척척 로봇 공작소』『엉뚱하지만
과학입니다 4: 우리 화성으로 이사 갈래?』『엉뚱하지만 과학입니다 10: 우주 쓰레기에 맞을 확률은?』『황당하지만
수학입니다 3: 어디가 제일 간지럽게?』『EBS 초등 어맛! 과학 탐구 어휘 맛집』『차이나는 클라스 1: 세상을 보는 관점을
넓히는 질문 why』 등이 있습니다.

참 잘했어요
정리하는 어린이   글 김여진 그림 김종이

초판 1쇄 펴낸날 2025년 2월 20일
펴낸이 김병오 **편집장** 이향 **외주편집** 스튜디오플롯 **편집** 이동익 김유진 **외주디자인** 리도 **디자인** 정상철 **경영지원** 이선영
펴낸곳 (주)킨더랜드 등록 제406-2015-000037호
주소 경기도 파주시 회동길 512 B동 3F **전화** 031-919-2734 **팩스** 031-919-2735
ISBN 979-11-7082-092-5 (74810) 979-11-92759-92-0 (세트)
제조자 (주)킨더랜드 **제조국** 대한민국 **사용연령** 8세 이상

정리하는 어린이 ⓒ 김여진, 김종이 2025
• 신저작권법에 의해 한국 내에서 보호를 받는 저작물이므로 무단 전재와 복제를 금합니다.
• 종이에 손이 베이거나 모서리에 다치지 않게 주의하세요.

정리
하는 어린이

글 김여진 | 그림 김종이

킨더랜드

루미

덜렁거리고 정리를 잘 못하지만, 호기심 많은 어린이.
발이 달린 듯 자꾸만 사라지는 물건들 때문에 속상한 일이 많다.
그러나 뜻하지 않게 비밀스러운 존재의 도움을 받게 되면서
자신을 긍정적으로 변화시켜 나간다.

희수

침착하고 다정한 성격을 가진 루미의 친구.
루미와 그림 그릴 때가 가장 행복하다.
하지만 루미의 거듭되는 실수로 마음에 상처를 받고
루미와 거리를 두게 된다.

민혁

쾌활하고 구김살 없는 루미의 친구.
루미와는 유치원 때부터 알고 지냈다.
루미보다도 더 정리를 못하지만, 딱히 신경 쓰지 않는다.
어쩌다 보니 루미와 비밀을 공유하는 사이가 된다.

채빈

루미네 반으로 새로 전학 온 친구.
그림도, 공부도, 정리도 척척 잘하는 모범생이다.
여러 가지 재능과 상냥한 성격 덕에
늘 반 친구들의 관심을 받는다.

담임 선생님

어린이보다 더 어린이책을 좋아하는 루미의 담임 선생님.
매일 새 책이 택배로 오기 때문에, 매일 책 정리를 할 수밖에 없다.
책 정리의 달인이다.
반 아이들이 스스로 정리를 잘할 수 있도록 세심하게 돕는다.

아빠

자꾸만 덜렁대는 루미를 침착하게 돌보아 준다.
언젠가부터 요리에 흥미를 갖게 되어 가족의 식탁을 책임지고 있다.
특히, 루미 아빠표 떡볶이는 루미와 희수의 말다툼도 멈추게 할 정도.
그런데 수상하다. 아빠에게도 무슨 비밀이 있는 것만 같다.

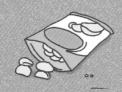

차
례

1

나만의 캐릭터 그리기 대회

　루미가 드르륵, 뒷문을 열고 교실로 들어갔어요. 아이들의 시
선이 루미에게 우르르 모였다가 다시 흩어졌어요.

　교실은 아주 조용했어요. 늘 시끌벅적한 루미네 반이 맞나 싶
을 정도였지요. 루미는 지각인가 싶어 교실 뒤에 걸린 벽시계를
확인해 보았어요. 다행히 지각은 아니었어요. 아직 9시가 되려
면 2분이나 남아 있었어요.

　루미가 허겁지겁 의자에 앉는데, 강민이의 책상 위에 놓인 수

학 교과서가 보였어요.

'맞다, 교과서!'

부리나케 사물함으로 달려갔지만, 사물함 안은 책과 물건들이 뒤죽박죽 섞여 있어서 교과서를 찾는 데 시간이 좀 걸렸어요. 어쨌거나 찾았으니 다행이었지요. 루미는 수학 교과서와 수익 교과서를 들고 자리로 후다닥 돌아왔어요.

교실에 묘한 긴장감이 감돌았어요. 책장 넘어가는 소리와 연필 사각대는 소리만 들렸지요.

맞아요. 오늘은 수요일이었어요. 매주 수요일 아침에는 중요한 소식이 있거든요.

선생님이 분주하게 타닥타닥 노트북 자판을 두드리다가, 텀블러에 든 커피를 홀짝였어요. 그리고 큼큼대며 목을 가다듬자, 수십 개의 눈동자가 선생님의 입술로 모였어요.

"많이 궁금하지요? 이번 주 우리 반 대회 주제는요."

선생님은 아이들에게 공부가 인생의 전부는 아니라고 늘 말했어요. 자신이 언제, 어디서 가장 반짝이는지를 찾는 게 중요하다고요. 그래서 매주 다양한 대회를 열었지요.

'최고의 미소 대회'에서는 용주가 1등을 했었고, '가장 멋진 태권도 품새 대회'에서는 유진이가 1등을 했었어요. 이런 대회는 루미네 반에만 있어요. 다른 반 친구들이 얼마나 부러워하는지 몰라요.

이윽고 선생님이 분필을 집어 들었어요. 또각또각 분필 소리가 들려왔어요.

나만의 캐릭터 그리기 대회

선생님이 분필을 내려놓기도 전에 아이들이 시끌벅적 떠들기 시작했어요.

루미의 가슴속에서 작은 콩알들이 줄넘기하는 것 같았어요. 콩콩콩 소리가 귓가에 맴돌았어요. 다른 것도 아니고 '나만의 캐릭터 그리기 대회'라니요. 루미는 얼마 전에 전학 온 채빈이를 힐끔 쳐다보았어요. 그리고는 단짝 희수에게 눈을 돌렸어요. 희수와 눈이 마주치자 루미는 신이 나서 히죽 웃어 버렸지요.

오늘은 유난히 시간이 쏜살같이 흘렀어요. 교과서랑 지퍼백을 들고 밖으로 나가 낙엽을 주워 왔거든요. 아이들은 선생님이 교실 바닥에 깔아 준 전지에 낙엽 꾸미기를 했어요. 그래서 바닥에 낙엽 부스러기가 잔뜩 떨어져 있었지요.

"자, 모두 미니 빗자루 꺼내세요!"

루미와 반 친구들은 수업을 마치고 가방을 메기 전에 할 일이 있어요. 빗자루와 쓰레받기를 꺼내 자기 책상 아래를 깨끗하게 청소하는 거예요. 대충 해 버리고 장난치는 아이들도 있었어요. 선생님은 그런 아이들에게 조금은 무서운 얼굴로 다가갔어요.

"인생에는 귀찮아도 꼭 해야 할 일이 있어요! 귀찮다고 밥을 남이 대신 먹어 주진 않지요?"

현호 같은 애들은 척 귀신이에요. 선생님이 오면 청소하는 척, 선생님 말도 잘 듣는 척이지요. 하지만 척만 하다가 금세 또 장난치기 바빠요.

참 신기해요. 분명 어제도 바닥을 쓸었는데, 오늘도 이만큼이나 먼지가 쌓이다니요. 심지어 바닥엔 먼지만 있는 게 아니에요. 연필과 지우개는 물론이고 물병처럼 커다란 물건도 떨어져 있었어요.

분실물은 교실 뒤에 놓인 분실물 바구니에 넣으면 된다고 선생님이 말했어요. 그 말을 지키는 아이들은 많지 않았어요. 어떤 아이들은 분실물을 그냥 발로 차서 옆자리로 밀어 버렸어요. 하지만 루미는 오늘도 연필 두 자루와 자 한 개를 주워 분실물 바구니에 넣었어요.

　루미가 자기 자리 청소를 끝내고 가방을 메려던 바로 그때였
어요. 루미의 발 옆에 털이 복슬복슬한 인형 열쇠고리 하나가 보
였어요.

　'처음 보는 캐릭터인데?'

　루미는 유행하는 캐릭터라면 종류별로 이름까지 줄줄 외웠거
든요. 루미는 털이 몽실몽실한 인형이 귀여워서 자세히 들여다

보고 싶었지만, 오늘만큼은 서둘러야 했어요. 루미는 얼른 분실물 바구니에 열쇠고리를 넣고 가방을 멨어요.

오늘은 수요일이잖아요. 수요일은 방과 후 수업도, 학원 수업도 없는 날이에요. 일주일 중 루미가 희수와 마음껏 놀 수 있는 유일한 날이었지요.

루미와 희수는 재빨리 루미네 집으로 달려갔어요. 루미는 방에 들어서자마자 가방을 던지다시피 바닥에 내려놓았어요.

"루미야, 방 좀 치우면 안 돼? 발 디딜 곳이 없잖아."

희수가 발끝을 세워 물건을 치우며 한숨을 쉬었어요.

"귀찮아. 딱히 불편한 것도 없는데, 뭐."

둘은 늘 그랬듯 방바닥에 철퍼덕 엎드렸어요. 그리고는 엎드린 채 스케치북에 쉴 새 없이 그림 연습을 했어요. 손도 바빴지만 입은 더 바빴지요. 오늘 발표된 대회 소식 때문이었어요.

"우리가 '나만의 캐릭터 그리기 대회'에서 1등 할 수 있을까?"

희수가 노란색 색연필을 집으며 말했어요.

"주훈이랑 아현이도 잘 그리긴 하던데. 나 지우개 좀."

루미는 조심스레 연필 선을 지웠어요.

"근데 전학 온 애 있잖아."

희수가 말을 꺼내자마자 루미가 고개를 홱 돌렸어요.

"누구? 채빈이?"

"응. 발표도 엄청 잘하고, 글씨도 예쁘게 쓰더라. 언뜻 봤는데 그림도 잘 그리던데."

"그래? 난 잘 모르겠던데."

루미의 손에 연필 자국이 새카맣게 번졌어요. 완벽한 채빈이를 떠올리니 저절로 짜증이 났어요. 루미는 자기도 모르게 눈썹을 찌푸리며 덧붙였어요.

"그래도 우리가 쪼끔 더 잘 그려, 맞지?"

희수가 조그만 주먹을 불끈 쥐며 말했어요.

"당연하지! 우리가 꼭 1등이랑 2등 차지하자."

둘이 깔깔 웃는 소리가 방 안을 가득 채웠어요.

희수와 친하지 않은 다른 아이들은 희수가 말이 없는 아이인 줄 알아요. 희수는 학교에서 발표할 때만 되면 얼굴이 새빨개졌거든요. 말도 더듬고요. 하지만 루미와 같이 있을 땐 그렇지 않았지요. 목소리도 크고 장난도 많이 쳤어요.

둘의 수다가 조잘조잘 끊이질 않았어요. 어느새 연습 삼아 그린 캐릭터 그림들이 제법 쌓였어요.

그때 루미가 희수의 필통 쪽으로 손을 쭉 뻗었어요.

"새로 산 샤프야? 무지 귀엽다."

루미는 샤프 끝에 달린 토끼 엉덩이 부분을 만지작댔어요.

"야! 왜 허락도 없이 만져?"

희수가 평소답지 않게 소리를 꽥 질렀어요.

"아, 아니⋯⋯. 못 보던 샤프인 것 같아서. 희수야. 화 많이 났어?"

당황한 루미의 목소리가 기어들어 갔어요.

"마음대로 만지지 말아 줄래?"

희수의 얼굴이 발갛게 달아올랐어요.

"좀 만질 수도 있지! 이런 걸로 왜 화를 내고 그러냐?"

그때 루미의 아빠가 방문을 딸칵 열었어요. 매콤한 냄새가 솔솔 풍기는 접시를 든 채로요.

"여러 번 불렀는데, 못 들었니?"

루미 아빠는 수북이 쌓인 그림을 흐뭇하게 바라보았어요. 그리고는 떡볶이가 담긴 접시를 내려놓았어요.

둘은 포크로 떡볶이를 콕 찍어서 한 입 깨물었어요. 매콤함과 쫄깃함이 입안을 가득 채웠어요. 그 덕분에 말다툼한 것도 까맣게 잊어버렸어요. 루미네 아빠가 만든 떡볶이는 둘이 먹다 하나가 죽어도 모를 만큼 맛있었어요.

루미의 캐릭터 그리기 연습은 희수가 돌아간 뒤부터가 진짜 시작이었어요. 루미의 머릿속은 캐릭터 생각으로 가득했어요.
어떤 동물 캐릭터가 좋을지, 꼬리와 눈은 어떻게 그려야 할지 신
경 쓸 게 많았지요.

　루미는 스케치해 둔 그림들을 팔락팔락 넘겨 보았어
요. 벨루가와 비버, 흰코뿔소 캐릭터 중에 뭘 골라야 할
지 고민스러웠어요.

　아무래도 벨루가 캐릭터가 좋을 것 같았어요.

　"휴, 며칠만 더 연습해 보고 색칠해야지."

벨루가는 원래 하얀색 돌고래지만, 신비한 초록
색이나 분홍색으로 꾸며 볼 생각이었어요. 루미는
스케치도 자신 있었지만, 색칠도 자신 있었어요.
　루미는 눈을 살며시 감고 자신이 1등을 하는 모
습을 상상했어요. 몸이 두둥실 떠오르는 것만 같았
어요.

정리란 무엇일까?

먼저 '정리'의 뜻을 알아볼까요?

▶ 정리 : 어질러진 물건들을 알맞게 분류하여 보기 좋게 하는 것.

정리하기를 시간 낭비라고 생각하는 사람들이 종종 있어요. 실컷 정리했는데, 또 엉망이 되니 소용없다고도 하고요. 하지만 그건 사실이 아니에요. 매일 약 10분 정도만 주변을 정리한다면 여러분의 생활은 많이 달라질 거예요.

매일 10분 정리하기 계획

책상 위, 책상 서랍, 옷장, 책장 등 스스로 정리할 수 있는 곳을 정해 두고
일주일간 하루 10분씩 정리 계획을 짜 보세요.

월요일	예) 책상 서랍 속 못 쓰는 물건은 버리고, 자주 쓰는 물건은 보기 좋게 정리하기.
화요일	
수요일	
목요일	
금요일	
토요일	
일요일	

정리가 필요한 이유

혹시 이 세 가지 상황 중 여러분의 모습이 있나요?

바로 이런 상황을 피하기 위해서 정리가 꼭 필요한 거예요.

정리를 하면 무엇이 좋을까?

정리를 하면 무엇이 좋냐고요?

스스로 정리를 하면 좋은 점을 고민해 보고, 빈칸을 채워 보세요.

	스스로 정리하면 좋은 점
1	예) 물건을 쉽게 잃어버리지 않는다.
2	
3	
4	
5	

2

발이 달린 물건

　토요일 밤, 루미는 기분 좋게 책상 서랍 손잡이를 당겼어요.
하지만 무언가에 턱 걸려 서랍이 열리지 않았어요.

　"에잇!"

　루미는 서랍 손잡이를 더 힘껏 잡아당겼어요. 탁! 서랍이 열
리며 물건들이 뒤죽박죽 쏟아져 나왔어요. 루미는 허겁지겁 물
건들을 헤쳐 보았어요.

　"뭐야. 사인펜이 없잖아!"

엄마에게 선물 받은 60색 사인펜 세트가 있어야 했어요. 하지만 아무리 찾아도 사인펜 세트가 보이지 않았어요. 다급해진 루미는 방문을 발칵 열고 거실로 나갔어요.

"나 사인펜이 없어!"

"없긴 왜 없어. 엄마가 그때 60색 세트 사 준 거 있잖아."

엄마가 황당한 표정으로 루미를 보며 말했어요.

"없다니까! 아무리 찾아도 없단 말이야."

"그래? 천천히 잘 찾아 봐. 어디 있을 거야."

아빠가 대수롭지 않게 말했어요.

"월요일까지 캐릭터 그려 가야 한단 말이야! 지금 인터넷으로 주문해 주면 안 돼?"

루미의 목소리가 더욱 날카로워졌어요.

"지금 인터넷으로 주문하면 화요일이나 돼야 올 것 같은데?"

"그러면 지금 사러 가면 안 돼?"

루미는 거의 울기 직전이었어요.

"얘가 이 밤에 왜 난리야. 지금 사인펜을 어디서 사."

엄마의 대답에 루미는 자리에 털썩 주저앉고 말았어요. 툭 건 들면 울음이 터져 나올 것 같았지요.

"루미야. 아빠랑 내일 아침에 사러 가자. 걱정하지 말고 자."

루미는 아빠의 약속을 듣고서야 안심할 수 있었어요.

"앞으로는 미리미리 좀 챙기자, 응? 루미야."

엄마가 잔소리했지만, 루미는 말대꾸하지 않았어요. 지금 당 장 중요한 건 그림을 완성하는 거니까요.

다음 날 아침, 루미는 밥을 먹자마자 아빠 손을 잡고 집을 나 섰어요. 대형 마트는 하필 문을 열지 않았어요. 동네 문구점에는 60색 사인펜 세트를 팔지 않았고요. 차를 타고 조금 멀리 있는

대형 문구점에 가서야 원하는 사인펜 세트를 살 수 있었지요.

루미는 집에 돌아와서 점심도 저녁도 먹는 둥 마는 둥 그림만 그렸어요. 이상하게 배가 별로 고프지 않았어요. 그림을 그리다가 창밖을 보니 어느새 하늘이 어둑해져 있었어요.

드디어 완성! 루미는 벨루가 캐릭터 그림을 양손으로 들어 보았어요. 요리조리 봐도 완벽했어요. 희수도, 채빈이도 이길 수 있을 것 같았어요.

루미는 마음이 들떠서 한참을 뒤척이다 겨우 잠들었지요.

다음 날, 루미는 일어나자마자 빠르게 학교 갈 준비를 하고 한달음에 교실로 향했어요.

루미의 그림을 받아 든 선생님이 환하게 미소 지었어요.

"아무래도 루미가 1등의 주인공이 될 것 같은데?"

친구들이 부러움 가득한 눈빛으로 루미를 바라봤어요. 가슴이 벅차서 터져 버릴 것만 같았어요.

그런데 그때, 익숙한 목소리가 들려왔어요. 루미는 교실을 휙 둘러봤어요. 이번에는 한층 더 커진 목소리가 귀에 꽂혔어요. 늘 듣던 목소리였어요.

"루미, 일어나자! 세수부터 하고."

엄마가 루미 방으로 들어오자마자 창문을 확 열었어요. 열린 창문으로 들려오는 새소리가 귓가를 간질였어요.

"으으으……. 꿈이었나 보네."

루미가 기지개를 켜며 머쓱하게 말했어요. 꿈꾸는 건 공짜잖아요. 이번 꿈은 예감이 좋아요.

루미는 서둘러 준비를 하고 나와 엘리베이터 버튼을 눌렀어요. 오늘따라 엘리베이터가 층마다 섰어요.

잠시 후, 드디어 띵! 소리와 함께 엘리베이터 문이 열렸어요. 루미는 이웃 어른들에게 꾸벅 인사하고 엘리베이터를 탔어요. 그런데 그때 그림을 안 챙긴 게 떠올랐어요.

"맞다! 그림, 그림! 잠시만요, 저 내릴게요!"

루미는 헐레벌떡 다시 집으로 뛰어 들어갔어요. 그림은 방 안 책상 위에 놓여 있었어요.

대회에 내야 하는데 그림이 구겨져선 안 돼요. 이럴 땐 투명 파일에 넣어 가면 돼요. 그런데 투명 파일이 도무지 보이지 않았어요. 루미는 급한 대로 가방 속에서 그림책을 꺼내 책장 사이에 그림을 끼워 넣었지요. 그리고 다시 서둘러 학교로 향했어요.

루미는 교문 앞에서 마주친 희수가 오늘따라 더 반가웠어요.

'벨루가 캐릭터를 보여 주면 희수가 깜짝 놀라겠지?'

희수가 그린 캐릭터도 얼른 보고 싶었어요.

"나 도서관에 책 반납해야 해. 기다려 줄래?"

희수의 말에 루미도 손뼉을 짝 치며 대답했어요.

"나도 그림책 반납할 거 있어. 같이 가자."

도서관에 가자, 사서 선생님이 책을 건네받으며 생긋 웃었어요. 마치 루미와 희수를 응원하는 것처럼요.

둘은 사서 선생님에게 꾸벅 인사하고 교실로 향했어요.

"자, '나만의 캐릭터 그리기 대회'에 응모할 친구들 있지요? 바구니에 그림을 제출해 주세요!"

아이들이 모두 자리에 앉은 걸 확인한 선생님이 바구니를 번쩍 들어 올렸어요.

아이들이 그림을 들고 우르르 나갔어요. 역시 채빈이의 그림이 아이들의 시선을 끌었어요. 루미도 채빈이의 캐릭터 그림을 자세히 보고 싶었어요. 희수는 그림을 제출하고 자리로 돌아가며 루미에게 눈을 찡긋해 보였어요.

"또 그림 제출할 사람 없지요?"

선생님이 바구니를 높이 들어 보였어요.

"선생님! 루미 아직 그림 안 냈어요!"

희수가 손을 들고 말했어요.

'책 사이에 끼워 뒀지, 참.'

딴생각에 빠져 있던 루미가 깜짝 놀라 가방에서 책과 공책을 모조리 꺼냈어요. 어느 책인지 기억나지 않지만 분명 책장 사이에 그림을 넣어 두었으니까요. 국어 교과서를 펼쳐 봤지만 아니었어요. 국어 활동과 수학 교과서에도 없었어요. 루미의 책상은 어느새 엉망진창이 되었어요. 루미의 손에 진땀이 났어요.

바로 그때 희수와 눈이 마주치며 깨달았어요.

'맞다, 도서관에 반납한 그림책 사이에 끼워 뒀어!'

모두가 숨죽이고 루미를 쳐다보고 있었지요.

"루미야, 혹시 그림을 집에 두고 왔니?"

선생님이 루미에게 말했어요.

"아니에요! 제가 틀림없이 챙겼어요!"

다급한 목소리로 루미가 대답했어요.

"그러면 쉬는 시간에 천천히 찾아 볼래?"

선생님은 루미를 도와주고 싶은 눈치였어요.

"저, 도서관에 가 봐도 돼요? 그림책 속에 그림을 끼운 채로 도서관에 반납했나 봐요."

선생님이 안 된다고 할까 봐 루미의 마음이 조마조마했어요.

"물론이지. 걱정하지 말고, 쉬는 시간에 가서 확인해 보렴."

루미는 수업을 듣는 40분이 마치 네 시간처럼 느껴졌어요. 쉬는 시간이 되자마자 희수와 도서관으로 달려갔어요.

"복도에서 뛰지 말고!"

옆 반 선생님이 소리쳤지만, 그게 중요한 게 아니었어요. 루미는 숨을 헐떡이며 사서 선생님에게 물었어요.

"서, 선생님. 제, 제가 아까 반납한 책 어디 있어요?"

"무슨 책인데? 네 이름 먼저 말해 줄래?"

루미는 숨이 가빠 쓰러질 지경이었어요.

"저는 최루미고요. 반납한 책은 《고구마구마》예요."

사서 선생님이 키보드를 타닥타닥 치더니, 검지로 안경테를 치켜올렸어요.

"다시 빌리려고?

근데 어쩌지? 벌써 누가
빌려 갔네."

"선생님! 루미가 그림
을 책 사이에 끼워 두었
대요."

희수의 말이 끝나기
도 전에 루미가 덧붙였
어요.

"'나만의 캐릭터 그리기 대회'에 오늘 꼭 내야 하는 그림이거
든요. 어떡해요?"

사서 선생님이 그제야 알겠다는 듯 고개를 크게 끄덕였어요.

"알겠어. 누가 빌려 갔는지 알려 주면 되지? 그 반으로 가 봐."

책을 빌려 간 건 3학년 4반 오빠였어요. 다행히 오빠를 바로

찾아 책을 잠시 펼쳐 볼 수 있었지요.

하지만 루미의 캐릭터 그림은 온
데간데없었어요. 아무리 천천히
넘겨 보아도 흔적도 없었어요.
그림에 발이라도 달린 걸까요?

땀범벅이 된 루미와 희수는 터

덜터덜 교실로 돌아왔어요.

"그림은 찾았어?"

선생님이 걱정스럽게 물었어요. 루미는 말없이 고개를 가로저었어요. 머릿속이 마치 엉킨 실타래 같았지요. 루미는 한참을 고민하다가 용기를 냈어요.

"선생님, 저 혹시……. 오늘 밤에 그려서 내일 내도 돼요?"

선생님은 손으로 턱을 괴며 미소를 지어 보였어요.

"선생님은 루미에게 정말 그렇게 해 주고 싶어."

그 말을 들은 루미의 얼굴이 환해졌어요.

"하지만 루미에게만 시간을 하루 더 주면 공정한 대회라고 할 수 있을까?"

선생님은 루미의 눈을 똑바로 바라보았어요.

"나중에 그림 찾으면 선생님한테 보여 줄 거지?"

루미는 눈을 깜빡거리다 이내 울음을 터뜨렸어요. 선생님은 루미의 손을 꼭 잡아 주었어요. 하지만 내일 그림을 제출해도 된다는 말은 끝내 하지 않았지요.

'채빈이가 1등을 하지 않으면 좋겠어.'

하지만 선생님은 루미의 이런 마음을 알아줄 리 없었지요. 채빈이는 '나만의 캐릭터 그리기 대회'에서 당당하게 1등을 차지

했어요.

선생님이 채빈이에게 상장과 선물을 건네자 박수가 터져 나왔어요. 희수가 그린 귀여운 청설모 캐릭터는 3등을 했고요.

루미는 이상한 마음이 들었어요. 단짝이 상을 받아도 기쁘지 않았거든요. 희수와 눈을 마주칠 수가 없었어요.

'축하하고 싶지 않아.'

오늘은 최악의 날이었어요. 3교시를 마치고야 알았지요. 분명히 아침까지만 해도 가방에 달려 있었어요. 루미가 애지중지하는 졸려토끼 캐릭터 열쇠고리가 말이에요. 그런데 아무리 봐도 열쇠고리가 보이지 않았어요. 서랍 속에도, 바닥에도, 사물함에도, 그 어디에도 없었어요.

꾹꾹 참았던 울음이 터져 나왔어요. 아이들이 몰려와 왜 우냐고 묻고, 희수가 등을 쓸어 주었어요. 선생님이 달래 주어도 루미는 아무 말도 하고 싶지 않았어요.

루미의 찌푸린 마음은 점심시간에도 개지 않았어요. 원래는 남은 반찬 하나 없이 식판을 싹싹 비우는 게 루미의 자랑거리 중 하나였어요. 하지만 오늘은 루미답지 않았어요. 국과 반찬에는 손도 대지 않고 후식으로 나온 컵케이크만 노려보았지요.

루미는 수저를 내려놓고 양손을 모아 잡았어요. 생일 케이크

에만 소원을 빌 수 있는 건 아니니까요.

'더 이상 아무 물건도 잃어버리지 않게 해 주세요.'

눈을 꼭 감고 소원을 빌었어요.

루미는 컵케이크 위에 장식된 체리만 입에 쏙 집어넣고 나머지 음식은 잔반통에 버렸어요.

모든 수업이 끝나고, 다시 자기 자리 청소가 시작되었어요. 아이들도 이젠 익숙해져서 청소를 곧잘 했지요.

루미는 능숙한 솜씨로 먼지를 모아 쓰레기통에 버리고 사물함을 열었어요. 물건에 정말 발이라도 달린 걸까요? 사물함 안에는 뜻밖의 물건이 놓여 있었어요. 며칠 전 분실물 바구니에 넣었던 바로 그 인형 열쇠고리였어요. 루미는 분실물 바구니에 열쇠고리를 얼른 놓아두려다 목소리를 살짝 높였어요.

"이 열쇠고리 누구 거야?"

아이들은 자기 자리를 쓸고 닦기 바빴어요. 선생님도 교실을 돌면서 아이들의 청소를 돕느라 바빴지요.

늘 자리가 지저분한 민혁이는 오늘도 선생님의 지적을 받았지만, 뭐가 좋은지 싱글벙글했어요.

"이거 주인 없냐고!"

루미는 다시 목을 가다듬고 외쳤어요.

아무도 대답하지 않자, 루미는 열쇠고리를 들고 분실물 바구니 앞에서 잠시 머뭇거렸어요. 그러고는 자리로 돌아와 주변을 두리번거렸어요. 조심스레 열쇠고리를 가방에 거니 찰칵, 소리가 났어요. 열쇠고리는 원래 거기에 매달려 있었던 듯 무척 잘 어울렸어요. 보송보송한 털을 가진 인형이 정말 예뻐 보였어요.

루미는 희수가 부르는 줄도 모르고 교실을 우다다 달려 나갔어요. 복슬복슬한 인형이 달랑달랑 기분 좋게 흔들렸어요.

물건을 잃어버리지 않는 방법

'물건에 발이 달렸다.'라는 말이 있어요. 진짜 발이 달렸냐고요? 그건 아니에요. 발이 달린 것처럼 자주 사라진다는 뜻이지요.

물건을 잃어버리지 않는 사람은 없어요. 어른도 물건을 자주 잃어버리는 걸요. 자동차 열쇠를 어디 두었는지 모르는 사람도 있고, 신용 카드를 잃어버려서 곤란해하는 사람도 있어요.

하지만 물건을 쉽게 잃어버리지 않는 방법이 있어요. 또 잃어버렸을 때 되찾기 좋은 방법도 있답니다.

모든 물건에 이름표 붙이기

잃어버린 물건을 발견해서 주인을 찾아 주려고 해도, 누구 물건인지 몰라서 찾아 주지 못하는 경우가 많아요. 학교에 주인 잃은 교과서, 공책, 연필, 지우개가 얼마나 많이 굴러다니는지 여러분은 모를 거예요. 하지만 이름표 없는 물건의 주인을 찾아 주기는 무척 어렵답니다.

그러니까 물건에 자기 이름을 네임펜으로 적어 두거나, 이름표를 붙여 보세요. 학년, 반까지 써 놓으면 더할 나위 없이 좋지요. 초등학교, 중학교, 고등학교 때까지 이름표는 계속 필요할 거예요!

물건을 두는 장소 정하기

분명히 내가 가지고 있는 물건인데, 못 찾을 때가 있어요. 귀신에게 홀렸나 싶을 정도라니까요. 심지어 방금까지 사용했던 물건인데도요!

자꾸만 물건이 사라진다면 앞으로 물건을 두는 특정한 장소를 정해 보아요.

앞으로 물건을 잃어버리지 않는 데 도움이 될 거예요!

다음 예시를 참고해 보세요.

가정 통신문은 투명 파일에 넣어 두기.

스마트폰은 쉽게 넣고 꺼낼 수 있는 가방에 넣어 두기.

물병은 가방 옆 주머니에 넣어 두기.

미니 빗자루는 책상 옆에 있는 고리에 걸어 두기.

그래도 물건을 잃어버렸을 때는?

당황하지 않고 침착하게
다시 찾아 보기.

예비 물건 준비하기.

친구에게 빌릴 수 있는 물건은
빌려 쓰기.

혼자 찾지 말고, 모두에게 소문내고
찾는 걸 도와 달라고 하기.

마지막으로 그 물건을 본 장소가
어딘지 기억해 보고, 거슬러 가 보기.

분실물 바구니에 있는 물건을
잠시 빌려 쓰기.

3

내가 도와줄게!

"오늘 왜 이렇게 밥을 잘 먹어? 아빠 기분 좋게."

아빠가 루미의 그릇에 국을 한가득 더 펐어요.

루미는 떡갈비를 대충 씹어 꿀꺽 삼켰어요. 물론 점심을 건너뛰었다는 이야기도 꿀꺽 삼켰지요. 주인 없는 열쇠고리를 챙겼다는 이야기도요.

한 끼를 굶어서인지 밥이 꿀맛이었어요.

"루미야. '나만의 캐릭터 그리기 대회'는 어떻게 됐어? 발표

났니?"

엄마가 젓가락으로 콩자반을 집으며 말했어요.

"그러게. 아빠도 결과가 엄청 궁금한데."

아빠는 요리를 해서 더운지 손부채질을 하며 말했어요.

"나……. 아무것도 못 받았어."

루미가 음식을 입에 넣은 채 우물거렸어요.

"그래? 반에 우리 루미보다 잘 그리는 애들이 많나 보네!"

"아니야, 아니라고! 내가 우리 반에서 가장 잘 그려!"

루미가 갑자기 얼굴을 붉히며 목소리를 높였어요.

"그래? 근데 왜 상을 못 받았어?"

엄마, 아빠가 눈을 동그랗게 뜨고 루미를 바라봤어요.

"그게……. 그림을 잃어버렸어."

"뭐? 그림을 잃어버려? 사인펜도 새로 사고, 야단법석이었잖아. 왜?"

"그림책 사이에 그림을 끼워 두고 도서관에 반납해 버렸어."

엄마는 양 눈썹을 찌푸리고, 아빠는 눈을 감았어요. 잠시 침묵이 흘렀어요.

"그럴 줄 알았다! 내가 뭐랬어. 뭐든 미리 잘 챙기라고 했지."

"실수한 거야! 그냥 실수야!"

루미는 억울한 마음에 소리를 꽥 질렀어요.

"방도 엉망, 서랍도 엉망, 가방 속도 엉망이지, 뭐. 그러니까 허구한 날 뭘 잃어버리고 까먹지. 이건 실수가 아니야."

엄마도 속상했는지 속사포처럼 말을 쏟아 냈어요.

"앞으로 고쳐 나가면 되지. 괜찮아."

아빠의 말이 끝나자마자 엄마가 덧붙였어요.

"괜찮긴, 뭐가 괜찮아. 자기 물건도 못 챙기는데."

루미의 얼굴이 새빨개졌어요. 곧 눈물이 방울방울 뺨으로 떨어졌어요.

"나도 속상하단 말이야! 정말 너무해!"

루미는 자기 방에 들어와 방문을 쾅 닫고 그대로 침대로 엎어졌어요. 눈물, 콧물이 범벅이 되어 얼굴도 엉망이 되었어요. 루미는 억울함에 가슴이 찌릿찌릿했어요.

바로 그때였어요. 가느다란 목소리가 루미의 흐느낌을 헤치고 들려왔어요.

"괜찮아. 실컷 울어."

실수로 유튜브를 켜 둔 걸까요. 루미는 서둘러 스마트폰을 확인해 봤어요. 스마트폰은 꺼져 있었어요. 루미는 '그러면 그렇지.' 생각하며 스마트폰을 내려놓았어요. 지금은 스마트폰을 만질 수 있는 시간이 아니거든요.

서러움이 복받쳐 와 다시 눈물이 맺히려던 참이었어요. 어디선가 또 가느다란 목소리가 들려왔어요.

"난 오늘 오랜만에 소풍 나온 기분이었어. 그런데 네가 우니까 미안해지네."

루미는 침대에서 몸을 일으켜 앉았어요. 머리카락이 쭈뼛 섰어요.

'내가 헛것을 들었나?'

루미는 이불을 확 치우고 방을 두리번거렸어요.

"여기야. 가방을 봐."

아주 크진 않았지만 귀를 사로잡는 목소리였어요. 루미는 가방 쪽을 흘낏 쳐다보았어요. 열쇠고리에 매달린 복슬복슬한 인형이 입을 오물대는 게 보였어요. 루미는 꿈인가 하고 살짝 뺨을 꼬집어 보았어요. 따끔했어요.

"네가 아까 날 불러냈잖아."

인형이 오물오물 말할 때마다 보송보송한 털이 흔들렸어요.

"안 불렀는데?"

"아무것도 안 잃어버리게 해 달라고, 소원 빌었잖아."

"소원? 내, 내가?"

루미는 어리둥절해서 되물었어요.

"급식 시간에 컵케이크에다 대고 소원 빌었잖아."

"아!"

루미는 손으로 머리를 감싸며 나지막이 외마디를 내뱉었어요.

"내 도움이 필요해 보이는 아이에게 가고 싶었어."

루미가 인형을 열쇠고리에서 빼내고, 손바닥에 올리자 보드라운 솜털이 한들한들 일렁댔어요.

"그런데 왜 날 가방에 달았어?"

인형이 두 눈을 동그랗게 뜨고 오물대며 루미에게 물었어요.

"털이 복슬복슬하고 예뻐서!"

루미가 배시시 웃으며 대답했어요.

"너는 웃는 게 정말 예쁘구나? 난 깨말이야. 넌?"

깨말이가 동그란 몸을 침대 위로 도르르 굴리며 물었어요.

"난 루미! 그런데 날 어떻게 도와준다는 거야?"

"그건 두고 보면 알 거야. 네 방을 보니까 얼른 비결을 가르쳐 주고 싶어서 몸이 근질거려."

깨말이는 무척 들떠 보였어요.

"준비됐어?"

"준비됐어!"

루미가 한층 밝은 목소리로 힘주어 대답했어요.

"다시는 물건을 잃어버리지 않게 도와줄게. 깨끗하고 말끔하게! 깨말이만 믿으라고!"

깨말이가 보드라운 털을 바르르 떨었어요.

그때 방문을 똑똑 두드리는 소리가 들렸어요. 루미는 부리나케 이불을 뒤집어썼어요. 눈을 꼭 감고 자는 척했지요. 일부러 코도 살짝 골면서요.

"잠들었어, 루미."

아빠가 문을 조심히 닫으며 말했어요.

"내가 말을 좀 심하게 했나……."

방문 너머 엄마의 목소리도 들렸어요.

그리고 잠시 후 엄마, 아빠가 두런두런 이야기 나누는 소리가 들렸어요.

루미와 깨말이는 이불 속에서 얼굴을 마주 보고 숨죽여 웃었어요.

기분이 상쾌해지는 내 방 정리

청소나 정리를 할 때 어른의 도움이 필요한 경우가 많아요.

그래서 부모님에게 도움을 받는 친구들이 많을 거예요.

하지만 몇 군데는 어린이 스스로도 정리할 수 있답니다. 아주 간단해요!

스스로 정리할 수 있는 곳을 찾아 볼까요?

내 방을 스스로 정리하고 나면

기분이 상쾌해질 거예요!

이부자리와 장난감 정리하는 방법

자고 일어나면 내 이부자리는 스스로 정리해 보세요. 이부자리를 정리하는 데에는 크게 두 가지 방법이 있어요. 첫 번째는 이불을 차곡차곡 예쁘게 개는 방법이에요. 아침잠이 많거나 이불을 개는 것이 조금 어렵다면 두 번째 방법도 있어요. 바로 이불을 판판하게 펼치는 방법이에요. 이부자리가 깨끗하면 방이 환하고 단정해 보인답니다.

장난감도 스스로 정리해 보세요. 다 가지고 논 장난감은 정리한 후, 다른 장난감을 꺼내는 것이 좋아요. 바닥에 놓인 장난감을 실수로 밟으면 크게 다칠 수 있으니까요. 다 놀고 나면 종류별로 분류해서 상자에 담아요. 망가졌거나 더 이상 갖고 놀지 않는 장난감은 부모님과 상의해 보고 정리해요. 주변에 필요한 사람에게 나눠 주거나, 중고 시장에 판매하거나, 쓰지 못하는 장난감은 버리는 거예요.

서랍 정리하는 방법

서랍 속에 칸막이가 없으면 물건들이 뒤죽박죽 섞여요.

서랍 속에 칸막이 정리함을 넣고, 학용품을 종류별로 분류해서 넣어 보세요. 칸막이 정리함에는 아주 작은 구슬이나, 클립, 핀 등도 보관할 수 있어요.

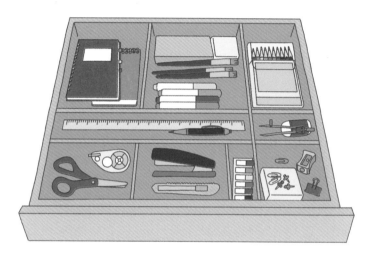

만약 칸막이 정리함이 없다면 집에 있는 다양한 크기의 종이 가방을 활용하여 칸막이를 만들어 보세요. 윗부분을 살짝 접어 안쪽으로 넣으면 칸막이 정리함으로 사용할 수 있어요.

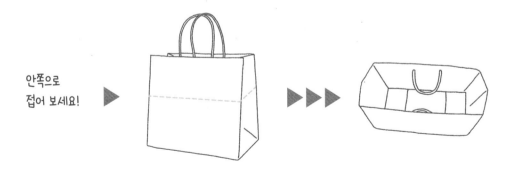

안쪽으로
접어 보세요!

책장 정리하는 방법

책장 정리에는 여러 가지 방법이 있어요.

도서관에서는 책을 분야별로 열 개의 주제로 나누어 '십진분류법'으로 꽂아요. 하지만 집이나 교실에서는 조금 더 쉬운 방법으로 책을 꽂을 수 있지요. 어떤 방법들이 있는지 살펴보고, 자신에게 맞는 방법을 골라 보세요.

출판사별, 시리즈별로 정리하기
같은 출판사의 같은 시리즈끼리 꽂으면 책을 한눈에 찾기 편해요.

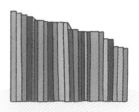

책 크기별로 정리하기
여러 출판사의 책이 섞여 있다면 책 크기별로 정리해 보세요.

색깔별로 정리하기
노란색은 노란색끼리, 파란색은 파란색끼리 색깔별로 모아 정리해 보세요.

북엔드 사용하기
책장이 없을 때는 북엔드처럼 책을 기대 세울 수 있는 거치대를 사용해 보세요.

4

정리되지 않는 마음

"루미야, 일어나서 세수부터······. 어머나! 여보, 여보!"

엄마가 아빠를 부르자, 아빠가 쿵쿵거리며 달려왔어요.

"오래 살고 볼 일이야, 그렇지?"

잠에서 덜 깬 루미의 양 볼에 엄마, 아빠가 뽀뽀를 퍼부었어요. 어제까지만 해도 마구잡이로 책장에 꽂혀 있던 책들이 가지런히 꽂혀 있었어요. 책상 위에 어지럽게 놓여 있던 물건들이 보기 좋게 정리되어 있었고, 서랍에 뒤섞여 있던 물건들이 제자리를 찾앉고요.

　부모님의 도움을 받지 않고 말끔하게 정리한 거예요. 루미의
인생에서 처음 일어난 일이었어요! 물론 깨말이가 도와준 거였
지만요.

"엄마가 미안해. 어제 말이 좀 심했지?"

엄마가 루미를 꼭 껴안으며 말했어요.

"거봐, 여보. 우리 루미 믿어만 주면 뭐든 잘할 거라고 했지."

아빠도 이를 드러내며 싱글벙글 웃었어요.

"앞으로 제 방은 제가 정리할게요."

루미가 싱긋 웃으며 말하자 엄마, 아빠가 좋아서 어쩔 줄을 몰라 했어요. 루미가 꼭 쥔 손안에서 깨말이가 꼼지락댔어요.

루미는 상쾌한 기분으로 학교 갈 준비를 하고, 현관에서 운동화를 신었어요.

"학교에서 사물함이랑 책상 정리도 도와줄게. 나만 믿어."

깨말이가 루미만 들릴 정도로 작게 속삭였어요.

"잘 부탁해, 오늘도!"

루미가 주먹을 불끈 쥐며 기분 좋게 대답했어요.

"루미야, 방금 아빠한테 뭐라고 했니?"

아빠가 이를 닦으며 루미에게 물었어요.

"아니. 아무 말도 안 했어. 학교 다녀오겠습니다!"

루미는 깨말이 열쇠고리를 다시 가방에 찰칵 걸었어요.

"먼저, 정리를 잘하는 사람들을 가만히 관찰해 봐."

깨말이는 정리를 시작하기 전에 먼저 할 일이 있다고 했어요. 평소보다 일찍 등교한 이유가 있었지요. 루미는 깨말이의 말대로 채빈이를 관찰해 보기로 했어요.

채빈이는 교실에 도착하자마자 사물함으로 갔어요. 그리고 칠판에 적힌 시간표대로 교과서를 챙겨 와서 서랍에 넣었어요. 서랍 오른쪽에는 교과서와 공책을 넣었어요. 서랍 왼쪽은 자나 가위 같은 학용품을 넣는 바구니 자리였고요. 루미는 교과서와 공책, 학용품을 착착 정리하는 채빈이가 신기하기도 하고 부럽기도 했어요.

짝꿍 민혁이는 친구가 정말 많았어요. 아무리 화나는 일이 있어도 짜증 내는 법이 없었거든요. 하지만 세상에 완벽한 사람은 없다는 말이 맞을지도 몰라요. 웃기고 상냥한 민혁이도 단점이 있긴 했어요. 매일 루미에게 연필을 빌려 달라고 했으니까요.

"루미야, 나 연필 하나만."

민혁이가 생글생글 웃으며 루미를 불렀어요.

민혁이의 필통은 배가 불룩한 아저씨처럼 뚱뚱하게 무언가로 꽉 차 있었어요. 루미는 그 안에 무엇이 들어 있는지 궁금했어요.

"나, 네 필통 한 번만 봐도 돼?"

"응! 얼마든지 봐. 마음대로 써도 돼."

매일 연필을 빌리면서 그렇게 말하는 민혁이가 웃겼어요.

루미는 민혁이의 불룩한 필통을 열어 보았어요. 학용품들이 와르르 쏟아졌어요.

"하나, 둘, 셋, 넷, 다섯……. 연필이 나보다 많은데, 민혁아?"

"헤헤. 그런가?"

민혁이가 쑥스러운지 머리를 긁적였어요.

연필만 많은 게 아니었어요. 지우개도 두 개나 있었으니까요. 연필은 충분했어요. 모두 부러진 연필이었지만 말이에요. 색종이로 접은 딱지와 사탕 껍질도 필통 속 자리를 차지하고 있었어요. 그러니 필통의 배가 불룩할 수밖에 없었지요.

"민혁아, 연필깎이 있어?"

"응. 집에."

"너 혹시 집에 가서 필통을 꺼내 보긴 해?"

"놀 시간도 부족해서 말이야. 히히."

민혁이가 싱글싱글 웃었어요.

이것만큼은 루미도 도울 수 있는 일 같았어요.

"집에 가자마자 연필만 뾰족하게 깎아 볼래? 매일."

"그 정도는 식은 죽 먹기지."

"좋아, 약속."

루미와 민혁이는 새끼손가락을 걸고 약속했어요.

루미의 가슴이 벅차오르는 것 같았어요. 기분이 좋았지요. 루미는 '깨말이의 마음도 이랬을까?' 하고 생각했어요.

잠시 후, 이번에는 선생님을 관찰해 보기로 했어요.

아침마다 선생님 책상 위에는 늘 택배 상자들이 쌓여 있었어요. 무슨 택배가 그렇게 많냐고요? 뜯어 보지 않아도 알아요. 선생님은 어린이보다 어린이책을 더 좋아하거든요. 어떤 날에는 선생님 앞으로 새 책 택배가 일곱 개나 온 적도 있었어요.

선생님은 칼로 택배 상자를 연 다음, 책을 모두 꺼내 한군데 쌓았어요. 종이 상자는 테이프를 제거한 후, 차곡차곡 종이 분리 수거함에 모았지요. 비닐 완충재는 비닐 분리 수거함에 모았고요.

루미는 책을 키 순서대로 꽂았지만 선생님의 방법은 달랐어요. 책등 아래를 살펴보니 같은 출판사별로 책을 꽂는 것 같았어요. 새 책 정리가 끝나면 선생님은 아이들이 제멋대로 꽂아 둔 책들을 뽑아 와 다시 제자리에 꽂아 두었어요.

'책장이 늘 깨끗한 이유가 있었어!'

선생님이 매일 아침마다 조금씩 시간을 내서 책을 정리한다는 걸 루미는 여태 몰랐던 거예요.

"선생님이랑 나랑 찰떡궁합이겠는데!"

깨말이가 루미의 주머니 속에서 즐겁게 꼼지락댔어요.

그때 희수가 뒷문을 열고 들어왔어요. 루미는 매일 아침, 교문에서 희수를 만나 같이 교실로 들어왔어요. 하지만 오늘은 희수를 기다리는 걸 깜빡하고 말았지요.

루미는 미안하다고 말하려고 희수를 쳐다봤어요. 희수는 루미를 힐끗 보더니 무표정하게 사물함으로 향했어요. 일부러 눈을 마주치지 않는 것 같았어요.

루미는 아직 희수에게 '나만의 캐릭터 그리기 대회' 3등을 축하한다는 말도 하지 못했어요. 단짝은 비밀이 없는 사이인데, 루미는 희수에게 비밀이 생겨 버렸어요. 깨말이를 만나 책상도 사물함도 말끔해졌지만, 루미의 마음은 점점 어지럽혀졌어요.

학교 사물함 정리하는 방법

정리하는 게 너무 어렵다고요? 해도 해도 자꾸만 지저분해지는 것 같다고요?

교실엔 내 물건이 그리 많지 않아요. 몇 가지 규칙만으로도 내 자리를 깔끔하게 유지할 수 있어요.

1. 일단 모든 물건을 꺼내 보세요.
2. 크기가 비슷한 책이나 공책끼리 모아요.
3. 사물함 왼쪽에 가장 키가 큰 파일이나 책을 먼저 세워요.
4. 그다음으로 키가 같은 교과서, 공책끼리 모아 세워요.
5. 오른쪽에는 색연필, 사인펜, 풀, 가위 같은 작은 학용품들을 상자나 바구니에 담아 두세요.

내 사물함 속 물건들을 떠올려 보고, 어떻게 정리하면 좋을지 직접 그려
보세요.

학교 책상 서랍 정리하는 방법

사물함 정리와 책상 서랍 정리는 방법이 비슷해요. 물건이 뒤죽박죽 섞이지 않게 하는 것이 중요하다는 점도 같지요. 하지만 종종 열게 되는 사물함과는 달리 서랍은 교시마다 물건을 넣었다 빼기 때문에 물건을 마구 쑤셔 넣으면 더 불편하지요.

자, 지금부터 학교 책상 서랍은 어떻게 정리하는지 살펴보고 따라 해 보세요.

1. 서랍 한쪽에 교과서와 공책을 가지런히 넣어요.
2. 1교시 과목부터 마지막 교시 과목까지 하루 동안 필요한 교과서를 차곡차곡 넣어요.
3. 수학은 수학 익힘과 함께, 과학은 실험 관찰과 함께, 같은 과목 교과서끼리 넣어 보세요.
4. 교과서 아래에는 공책을 넣어요.
5. 반대쪽에는 자주 쓰는 학용품을 바구니나 상자에 담아 넣어 두세요.

이번엔 책상 서랍이에요. 그림을 그리며 책상 서랍을 말끔히 정리해 보세요.

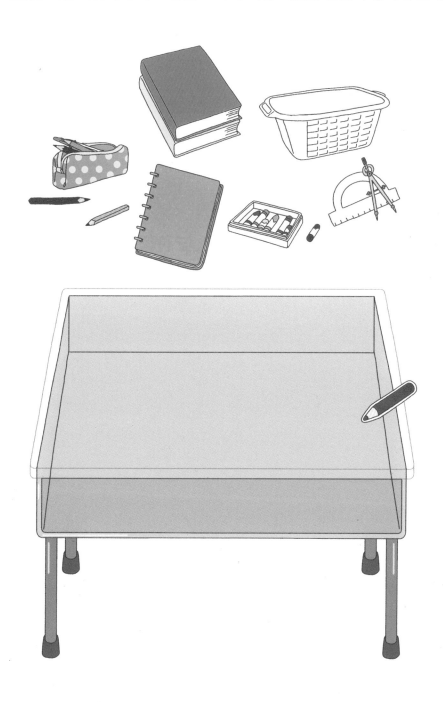

5

정리의 신 대회

또다시 아이들이 술렁이기 시작했어요. 일주일 중 아이들이
가장 좋아하는 수요일이 돌아왔거든요.

선생님은 대회 주제를 발표하기 직전까지 비밀을 단단히 지켰
어요. 또 선생님은 인생에 영원한 승자도, 영원한 패자도 없다고
말했어요.

루미는 양손 주먹을 꼭 쥐어 보았어요. 그리고 똑같은 실수는
절대로 하지 않겠다고 마음먹었어요.

선생님이 분필을 들자, 아이들이 동시에 숨을 훅 들이마셨어요. 아이들의 긴장된 표정과 달리 선생님은 싱긋 웃고 있었지요. 모두 조용히 분필 끝만 뚫어지게 바라보았어요.

정리의 신 대회

선생님이 칠판에 글씨를 쓰고 분필을 내려놓자, 아이들이 웅성거렸어요.

"에이, 이번 대회는 재미없겠다!"

"나 정리 진짜 못하는데!"

투덜거리는 아이들의 목소리가 제법 크게 들려왔어요. 하지만 알림장을 꺼내 조용히 주제를 받아 적는 아이들도 있었지요.

"최고의 정리 비법을 준비해서 발표해 주세요."

선생님이 집중 박수를 치자 순식간에 아이들이 조용해졌어요.

"이번엔 특별히, 두 명 이상 팀을 짜서 발표해도 좋아요."

선생님이 말을 끝내자 아이들이 요란스럽게 의자 소리를 내며 일어났어요. 하기 싫다고 툴툴대던 아이들도 일단 팀을 짜는 듯했어요.

루미는 눈으로 희수를 찾았어요. 하지만 희수도, 희수의 의자도 보이지 않았어요.

'화장실 갔나, 희수?'

교실을 휘휘 둘러보던 루미의 눈에 뜻밖의 장면이 들어왔어요. 희수가 채빈이의 책상 옆에 의자를 끌고 가 나란히 앉아 있었어요. 채빈이와 희수는 재잘재잘 쉬지 않고 이야기하며 연습장에 무언가 끄적였지요.

'둘이 팀이 되었나 봐!'

루미는 가슴속에서 무언가가 쿵, 떨어지는 소리를 들었어요. 일주일 전 오늘, 희수와 함께 떡볶이를 먹으며 그림 연습을 하던 때가 떠올랐어요. 코끝이 매워지려고 하는 그때였어요. 민혁이가 루미에게 고개를 불쑥 들이밀었어요.

"루미야, 나랑 같이 '정리의 신 대회' 나가 볼래?"

민혁이는 여느 때처럼 싱글싱글 웃는 얼굴이었어요.

'야, 곽민혁. 넌 정리를 한 번도 해 본 적이 없잖아!'

하지만 루미는 마음속 이야기를 입 밖으로 낼 수 없었지요.

"음……. 같이? 나는 혼자 해 보려고…….."

루미는 말끝을 흐리며 대답했어요.

"그러지 말고 같이한다고 해. 민혁이가 필요해. 나만 믿어."

그때 깨말이가 꼬물거리며 작게 속삭였어요.

"혼자 한다고? 알았어. 그럼 난 이번 대회 안 나갈래."

루미가 단념하는 민혁이의 말꼬리를 잽싸게 잡아챘어요.

"아냐, 민혁아! 다시 생각해 보니까 네가 있어야만 해. 나랑 같이하자, 응?"

"헤헤. 정말? 나야 좋지!"

루미가 마음을 바꾼 이유도 모른 채 민혁이는 다시 싱글거렸어요.

"오늘 학교 마치고 학원 가? 우리 집 갈래?"

"난 학원 같은 거 안 키워."

좋은 시작이었어요. 루미에게도, 민혁이에게도 뜻밖의 도전이었지요.

"이게 누구야. 민혁이 많이 컸구나!"

아빠가 방긋 웃으며 현관 앞에서 민혁이를 반겨 주었어요.

"아저씨, 안녕하세요!"

루미는 민혁이의 옷자락을 잡고 후닥닥 방으로 들어왔어요.

"곽민혁, 너……. 혹시 귀신 같은 거 믿어?"

"나? 귀신 이야기 엄청 좋아하지. 갑자기 왜?"

민혁이가 헤헤 웃으며 대답했어요.

"그러면 별로 놀라거나 무서워하지도 않겠네?"

루미가 사뭇 진지하게 물었어요.

"당연하지! 좀비, 유령, 거미! 난 이런 거 안 무서워!"

민혁이가 양손으로 가슴을 퉁탕퉁탕 치며 큰소리쳤어요.

"잘됐네. 반가워."

깨말이의 가느다란 목소리가 들려왔어요.

"뭐야? 루미야, 뭐 틀어 놨어?"

눈이 동그래진 민혁이가 루미에게 물었어요.

루미는 말없이 씩 웃었어요. 그리고 깨말이를 손바닥 위에 올려놓고 민혁이의 코앞에 들이밀었지요.

"내가 좀 작아서 잘 안 보이긴 하지?"

깨말이가 입을 오물대자 솜털이 포르르 흔들렸어요.

"으아악! 사, 살려 주세요!"

민혁이가 루미의 침대로 뛰어 올라가 이불을 뒤집어썼어요.

"야, 너 귀신도, 좀비도 하나도 안 무섭다며!"

루미와 깨말이가 서로 마주 보며 키득키득 웃었어요.

"아, 아니 그건! 책이나 만화에서 볼 때 이야기지!"

민혁이가 얼굴만 빼꼼 내민 채 벌벌 떨며 말했어요.

"난 정리 요정 깨말이라고 해."

깨말이가 침대 위로 폴짝 뛰어오르며 인사했어요.

"루미야, 너 책상이랑 사물함이 말끔해진 게 혹시……."

"맞아. 깨말이 덕분이지."

루미가 미소를 지으며 대답했어요. 옆에서 깨말이가 귀엽게
깔깔 웃었어요.

"그런데 정리하는 거라면 내가 더 엉망인데,

왜 루미 앞에 나타난 거야?"

민혁이가 이불에서 빠져나와 침대 위에 걸터앉으며 말했어요.

"민혁이 너는 정리를 못해서 불편하다고 느낀 적이 별로 없잖아?"

깨말이가 민혁이의 팔 위로 톡 뛰어오르며 되물었어요.

"그렇긴 하지."

"루미가 물건을 다시는 잃어버리지 않게 해 달라고 소원을 빌었거든."

"난 그런 소원은 빈 적 없었어."

이번엔 깨말이가 민혁이의 손바닥 위로 톡 뛰어올랐어요.

"그런데 나랑 '정리의 신 대회'에 같이 나가도 괜찮아? 난 정리할 줄 몰라."

민혁이가 손으로 머리를 벅벅 긁으며 말했어요.

"그래서 네가 꼭 필요해. 왜 정리가 어려운지 말해 줄 수 있겠어?"

깨말이의 말에 루미와 민혁이가 서로 눈을 마주쳤어요. 루미는 재빨리 연습장을 꺼내고, 민혁이는 자세를 고쳐 앉았어요. 이제 필요한 건 오로지 시간뿐이었어요. 셋은 이미 완벽한 팀이었으니까요.

가방 정리하는 방법

가방 정리에 가장 중요한 게 있어요. 그건 바로 매일 저녁마다 속을 들여다보고 필요 없는 건 꺼내고, 부족한 건 채워 줘야 한다는 사실이지요. 그렇지 않으면 가방은 점점 무거워지고, 배가 불룩해질 거예요!
참, 하교할 때는 복습에 꼭 필요한 교과서만 집에 가지고 와야 해요. 그렇지 않으면 가방이 너무 무거워지니까요!

1. 반드시 매일 저녁, 가방을 샅샅이 살펴보세요.
2. 가정 통신문이나 선생님이 주신 학습 자료는 구겨지지 않도록 반드시 투명 파일에 넣어요.
3. 파일과 알림장은 등과 가장 가까운 가방 안쪽에 넣어요.
4. 쓰레기나 필요 없는 물건은 가방에서 꺼내요.
5. 내일 시간표를 보면서 준비물, 숙제 등을 확인하고 가방을 싸요.

필통 정리하는 방법

1. 반드시 매일 저녁, 필통을 샅샅이 살펴요.

2. 부러진 연필심, 지우개 가루, 먼지 등을 탈탈 털어 버려요.

3. 연필 두세 자루를 뾰족하게 깎아요.

4. 연필이 부러지지 않게 연필 캡을 씌워 줘도 좋아요.

5. 그 외 지우개, 자, 삼색 볼펜, 빨간 색연필 등 더 필요한 학용품을 챙겨
   넣어요.

6

누구에게나 비밀은 있다

　일주일이 쏜살같이 지나갔어요. '정리의 신 대회'를 앞두고 아이들은 조금씩 긴장한 모습이었어요. 루미도 숨이 가빠 왔어요. 엄마 말대로 천천히 심호흡도 해 보았지요.

　1교시에 바로 대회를 하는 건 정말 다행이었어요. 5교시에 대회를 한다면 너무 떨려서 급식도 못 먹을 거예요.

　루미는 희수를 곁눈질로 살폈어요. 희수는 연습장에 샤프로 무언가 끄적이며 중얼대고 있었어요.

'희수는 발표하는 게 정말 싫고 무섭다고 했는데.'

희수도 분명 많이 긴장했을 거예요. 루미는 희수와 눈을 맞추고 힘내라고 말해 주고 싶었지만 희수는 좀처럼 고개를 들지 않았어요.

그때 선생님이 대회 시작을 알렸어요.

"어른들도 정리하는 게 참 어려워요. 지금부터 여러분의 정리 비법을 들려주세요!"

제비뽑기로 첫 번째 순서를 뽑은 규호는 '정리', '정돈'으로 두 편의 이행시를 낭송했어요.

"부탁이 있는데요. 여러분이 함께 앞 글자를 외쳐 주세요."

규호가 수줍은 듯 웃으며 부탁하자, 아이들이 즐겁게 "네!" 하고 대답했어요.

"정!"

"정말!"

"리!"

"이것이 최선입니까?"

"정!"

"정성스럽게 치우고 나서, 한 바퀴!"

"돈!"

"돈다면 말이죠."

절묘한 말장난이 섞인 구절이 나오자, 아이들이 웃으며 박수를 쳤어요. 규호의 익살스러운 표정이 분위기를 한껏 살렸어요.

'이제 희수네 팀 차례야.'

두 번째 순서는 바로 채빈이와 희수 차례예요. 둘은 강력한 우승 후보였어요. 루미는 이상하리만치 많이 긴장됐어요. 채빈이도 희수도 워낙 정리를 잘하는 데다, 열심히 준비했을 게 분명했으니까요.

희수는 기자, 채빈이는 시민 역할을 맡아서 뉴스 인터뷰처럼 정리 비법을 재치 있게 발표했어요.

"지금부터 여덟 시 뉴스를 시작하겠습니다. 매주 월요일은 여러분이 기대하시는 인터뷰 코너인데요. 오늘은 어른보다 정리를 더 잘하는 어린이 한 분을 모셨습니다. 안녕하세요?"

'희수가 저렇게 큰 목소리로 연기를 하다니……'

루미는 깜짝 놀랐어요.

희수와 채빈이는 말을 주고받으며 자신만의 정리 규칙을 만들어 정리하는 방법을 소개했어요. 발표가 끝나자, 앞 순서보다 더 큰 박수가 터져 나왔어요. 희수와 채빈이는 역시 기대를 저버리지 않았지요.

이제 세 번째 순서, 루미와 민혁이의 차례예요.

'이번에는 절대 실수하고 싶지 않아.'

루미와 민혁이도 역할 놀이로 발표를 준비했어요. 익살스럽게 연기를 잘하는 민혁이가 주변을 어지럽히는 범인을 잡는 탐정을 맡았어요. 루미는 책방을 어지럽히는 범인을 찾아 달라고 의뢰한 책방 주인 역할을 맡았지요. 둘은 대사를 셀 수 없이 많이 연습했어요. 대사를 모조리 외울 정도로요.

"따르릉. 곽정돈 탐정님이시지요?"

"네, 맞습니다."

"제가 사건 하나를 의뢰하고 싶은데요."

"네, 어떤 사건입니까?"

"저는 조그마한 책방의 주인입니다."

"그런데요?"

민혁이는 진짜 탐정처럼 안경을 지그시 추켜올렸어요.

"책방 문을 닫기 전에 늘 깨끗이 정리를 합니다. 하지만 아침에 책방에 와 보면……."

"와 보면요?"

능청맞은 민혁이와 천연덕스러운 루미의 연기에 아이들이 모두 홀딱 빠져들었어요. 바로 그때였지요.

"용의자를 세 명으로 좁혀 보지요. 첫 번째 용의자는……."

민혁이가 말을 더듬기 시작했어요. 루미는 입 모양으로 민혁이의 대사를 말해 주려고 했어요. 하지만 민혁이는 땅만 바라볼 뿐이었어요.

"첫, 첫 번째 용, 용의자는……. 첫 번째……."

민혁이의 얼굴이 새빨개지자 선생님이 자리에서 일어났어요. 그리고 책상 위에 있던 대본을 민혁이에게 전해 주었지요.

"대사를 못 외워도 괜찮아요. 대본을 보면서 해 보세요."

대본을 손에 쥔 민혁이의 손이 발발 떨렸어요. 연기를 하면 할수록 민혁이의 목소리가 기어들어 갔어요. 너무 뜻밖의 일이라 루미도 당황하긴 마찬가지였어요. 결국 민혁이는 역할 놀이를 끝내지 못하고 자리로 돌아갔어요.

"괜찮아! 괜찮아!"

아이들이 위로와 응원을 건넸지만, 얼굴이 빨개진 민혁이는 고개를 푹 숙였어요.

"'정리의 신 대회' 결과는 내일 발표하겠습니다!"

루미는 한숨을 푹 내쉬었어요. 어차피 루미와 민혁이 팀은 제대로 발표를 끝내지도 못했으니까요. 아마도 우승은 채빈이랑 희수 팀이 할 거예요.

"미안해. 루미야. 나 때문에……."

민혁이가 루미에게 말했어요.

"아니야. 생각해 보니까 우리 둘 다 연습을 더 해야 했었는데, 나도 만만하게 생각한 것 같아."

루미는 미안해하는 민혁이를 위로하고 싶어서 말을 이었어요.

"대신 우리 다음에 다른 대회가 열리면, 같은 팀이 되어서 뭐든 또 해 보자!"

"응. 좋아!"

민혁이가 고개를 끄덕였어요.

학교가 끝나자 루미는 터덜터덜 교실을 빠져나갔어요. 고개를 들 힘도 없었어요.

오늘 루미의 마음을 맛으로 표현한다면 쓴맛일까요? 엄마가 키 크라고 지어 준 한약보다도 더 쓸쓸한 것 같았어요.

"루미야, 최루미!"

교문 앞 기둥에 등을 대고 서 있던 희수가 루미를 불렀어요.

"희수야……."

"집에 같이 갈래?"

희수의 말에 루미는 조용히 고개를 끄덕였어요.

'더 이상 미룰 수 없어. 지금 당장 말해야 해.'

루미는 침을 꿀꺽 삼키고 천천히 입을 떼었어요.

"희수야, 나 사실 꼭꼭 숨겨 온 비밀이 있어."

루미가 주섬주섬 주머니에서 깨말이를 꺼내려는 순간, 희수가 대답했어요.

"내 비밀부터 고백해도 돼?"

희수가 주머니에서 샤프를 꺼내 루미에게 내밀었어요.

"이거 네가 제일 아끼는 샤프잖아."

루미가 샤프를 받아 들었어요.

"네가 이 샤프를 만졌을 때 내가 버럭 화를 냈었지?"

루미가 고개를 살며시 끄덕였어요.

"이름은 또박이. 또박이 덕분에 발표를 잘할 수 있었어."

희수가 얼굴을 살짝 붉히며 루미에게 털어놓았어요.

수업 시간에 샤프를 들고 중얼대던 희수의 모습이 떠올랐어요. 루미도 용기를 내어 깨말이를 희수에게 건넸어요.

"내 비밀은 이거야. 이름은 깨말이."

희수가 깨말이의 보드라운 털을 살며시 쓰다듬었어요.

"이제 희수는 내가 없어도 되겠더라고."

또박이가 몸을 흔들며, 자랑스러운 듯 말했어요.

"루미는 이제 나보다 정리를 더 잘한다고."

깨말이도 질세라 덧붙였어요.

루미와 희수는 손을 꼭 잡았어요. 다른 손에는 깨말이와 또박이를 쥔 채였지요. 뚜벅뚜벅 나란히 걷는 발걸음이 가벼웠어요.

어디로 가느냐고요? 심심한 입을 달래 줄 곳으로요. 세상에서 제일 맛있는, 루미네 아빠가 만들어 주는 떡볶이를 먹으러요! 루미와 희수가 같이 먹으면 더 맛있는 그 떡볶이를요!

루미네 집에 도착한 둘은 식탁에 머리를 맞대고 앉아 앞다투어 떡볶이를 입에 넣었어요. 떡볶이가 오늘따라 더 매콤했어요. 이마 위로 땀이 송골송골 맺혔어요.

"아저씨, 정말 맛있어요. 우리 집 떡볶이랑은 비교도 안 돼요."

희수가 입가에 양념을 잔뜩 묻힌 채 말했어요.

"근데 아빠는 원래부터 요리를 잘했어?"

루미가 떡볶이를 오물오물 씹으며 물었어요.

"아니. 나 요리 정말 못했지. 예전엔 라면 물도 못 맞췄는걸?"

아빠가 행주를 빨며 대답했어요.

"그런데 어떻게 잘하게 된 거야? 엄마한테 배운 거야?"

루미가 떡볶이 양념이 잔뜩 묻은 어묵을 집어 먹으며 다시 물었어요.

"엄마 이상형이 요리 잘하는 남자라는 걸 듣고, 엄마 몰래 배웠지. 더 줄까, 희수야?"

아빠가 희수를 바라보며 말했어요. 희수가 웃으면서 고개를 가로저었어요.

"누구한테 배웠는데?"

"있어. 넌 몰라도 돼. 많이 먹어라."

루미가 묻자 아빠의 얼굴이 빨갛게 달아올랐어요.

아빠는 등을 홱 돌려 프라이팬을 조심스레 닦기 시작했어요.

얼굴이 프라이팬에 닿을 정도로 가까이 대고 정성스레 닦았어요.

잠시 후 아빠가 작게 중얼대는 소리가 들렸어요.

"알았어! 조심할게. 뽀, 뽀끔아. 미안하다니까."

루미와 희수는 떡볶이를 찍은 포크를 짠, 하고 부딪혔어요. 아빠가 프라이팬에게 무슨 말을 했는지 궁금하다고요?

너무 자세히 알려고 하지 마세요. 비밀이에요. 누구에게나 비밀은 있으니까요.

내게 꼭 필요한 물건인지 생각해 보기

망가진 물건은 반드시 버려야 할까?

> 망가졌다고
> 무조건 버리는 건 안 돼.
> 고칠 수 있는 물건은
> 고쳐 써야 해!

멀쩡한 물건은 반드시 버리지 말아야 할까?

> 멀쩡하더라도
> 같은 물건을 여러 개
> 가지고 있을 필요는 없어.
> 한 개만 남기고 필요한
> 사람에게 나눠 주자!

오랫동안 쓰지 않은 물건은 버려야 할까?

> 오래되었어도 추억이
> 담겨 있는 물건은 가지고 있자.
> 친구가 써 준 편지나
> 일기장 같은 것은 시간이
> 지날수록 귀해지거든.

불필요한 물건은 버리기

"아무것도 못 버리겠어요!"

정리가 어렵다고 하는 어린이들의 가장 큰 고민은 바로 이것이지요. 어떤 물건이 내게 필요하고, 더 이상 필요 없는지 구별하는 건 무척 어려울 수 있어요. 그러니까 곰곰이 생각해 보고, 나에게도 버릴 물건이 있는지, 그리고 그 이유는 무엇인지 적어 보세요.

버릴 물건	이유
예) 낡고 작아진 운동화	예) 발이 커져서 운동화가 너무 작고 불편하다. 또 많이 낡아서 누군가에게 주기도 어렵기 때문이다.

내 공간의 진짜 주인이 되는 방법!

여러분에게 살짝 고백할 것이 있어요. 이 책을 쓴 제가 어린 시절에도 정리를 잘했을 거라고 생각하시나요? 정말 그랬다면 좋았겠지만, 제 대답은 "네."이기도 하고 "아니요."이기도 해요. 자랑하고 싶을 만큼 방을 깨끗하게 정리해 본 적도 많지만, 차마 사람들에게 보여 줄 수 없을 만큼 방이 엉망이었던 적도 많답니다.

그런데 어떻게 이런 책을 쓰게 되었냐고요? 정리하지 않고도 실컷 살아 보고, 정리하면서도 실컷 살아 보았거든요. 어쩌면 전 둘 다 경험해 보았기에 더욱 자신 있게 여러분에게 말할 수 있을지도 몰라요. 꼭 필요한 물건을 어디에 두었는지 몰라서 중요한 일을 망쳤던 것도, 그래서 시간 약속을 어겼던 것도 제가 다 직접 겪어 본 일들이니까요(이건 진짜 비밀인데요, 어른이 되어서도 그런 적이 가끔 있어요).

정리를 위해서 대단한 결심을 해야 하는 건 아니에요. 아주 작은 정리부터 시작해도 충분해요. 내 방이나, 교실 속 내 자리부터요.

'책을 다 읽은 후에는 책장에 꽂기.', '부러진 연필은 잘 깎아서 필통에 넣기.'는 해 볼 만하지 않나요?

'물을 다 마신 후에는 싱크대에 컵을 가져다 놓기.', '현관 앞에 널브러진 신발 가지런히 놓기.'는 집에서 해 볼 수 있는 정리지요.

물건이 소중하다고 무조건 모으기만 하는 것도 정답이 아니에요. 더 이상 필요가 없어진 물건은 과감히 주변에 나눠 주거나, 버리는 것도 정리의 한 방법이고요.

너무 많아진 장난감이나 옷이 방을 차지한다면 내가 그 공간의 주인이 아니라, 물건이 내 공간의 주인이 되어 버려요. 그건 절대 안 될 일이지요!

세계적인 베스트셀러《정리의 힘》을 쓴 작가, 곤도 마리에는 정리에 대해 이런 말들을 했대요.

"물건은 소중히 할수록 내 편이 된다."

"설레지 않는 물건은 버려라."

내게 꼭 필요한 물건과 불필요한 물건을 가려내며 정리하다 보면 나에게 소중한 물건을 저절로 알게 돼요. 친구가 준 편지나 가족사진이 오래되었다고 해서 버려야 하는 건 아니니까요.

정리를 하며 내가 무엇을 좋아하고 소중하게 생각하는지 스스로를 알아 가는 시간을 찬찬히 가져 보세요.

정리하기는 나를 아끼는 가장 빠른 지름길이랍니다.

김여진